LE RÈGNE HUMAIN.

POËME.

§ I. L'IMAGE DE DIEU.

JACQUES FERNAND.

BRUXELLES,

IMPRIMERIE DE J. J. JOREZ,

6, Rue au Beurre.

1855.

PRIX : CENTIMES. POUR LES PAUVRES.

LE RÈGNE HUMAIN.

§ I. L'IMAGE DE DIEU.

Dédié

à mon guide vénéré, ***, de l'Académie Française,
à mes Professeurs, ***, du Collège de France, de la Sorbonne,
du Museum d'histoire naturelle,

HOMMAGE DE RECONNAISSANCE.

« ...... et Dieu fit l'homme à son image. »

A vous, Seigneur ! mon Père, à vous, mon dernier chant,
Et de l'âme, et du cœur, suprême épanchement !...
A vous, les derniers sons de cette voix mourante,
Les accords, affaiblis, de ma lyre tremblante !...
Le dernier chant du cygne est plus mélodieux...
L'écho de mes soupirs s'épure dans les cieux !

— Enfant, je tressaillais, sous la sainte lumière...
Et, vers vous, s'élevait l'encens de ma prière !...
A vous, de mon amour, les premiers bégaîments !
A vous, de mon amour, les derniers battements !

Quelle force nouvelle
Me ranime soudain!...
Quelle vive étincelle!...
L'aube du règne humain,
Avec splendeur, s'entr'ouvre!
Magnifique horizon!...
Et l'avenir découvre
Un lumineux sillon!

Des entrailles du sol, qu'une statue antique
Surgisse!... au jour nouveau, sa forme académique,
Vivante, resplendit d'attraits éblouissants!
Quelle grâce!... ô beauté!... quels purs linéaments!
Quels suaves contours!... charme indéfinissable
De l'idéal rêvé... visible enfin, palpable!

— Et plus apparaît beau l'œuvre du grand sculpteur,
Plus le peuple exalté veut connaître l'auteur!
Énigme glorieuse! anonyme merveille!
Désespoir des rivaux, tu prolonges leur veille!

— D'un chef-d'œuvre ignoré, caché pour tous les yeux,
Si le voile jaloux, voile mystérieux,
Tombe... et soudain révèle, à la foule attirée,
D'un génie inconnu, la peinture inspirée.
L'artiste, heureux et fier de ses admirateurs,
Partage leur ivresse... et sent couler ses pleurs !

— Et le divin sculpteur, le puissant coloriste,
Le créateur lui-même, idéal de l'artiste,
A son dernier chef-d'œuvre, échappé de sa main,
A ces types sacrés de tout le genre humain,
Sourit, avec amour... en père, les contemple...
Céleste amour !... de l'art, le foyer et le temple !...
Ineffable regard de la paternité !

★　★　★

Oh ! dans cet infini de sombre éternité,
Sonne l'heure fatale !... oh ! l'heure solennelle,
Où Dieu concentre en lui son image immortelle...
Et la reflète, ardente... en cet unique instant,
Des mystères futurs spectateur prévoyant !...

Et ce reflet divin anime et vivifie
L'argile obéissante... et de ses mains pétrie !

— Cette froide pâleur se colore soudain...
Et l'âme, illuminant ce beau visage humain,
Dans ses traits expressifs, visible, transparente,
Proclame, de ce Roi, la majesté vivante !...
Son noir sourcil, mobile, imprime le respect...
Et la terre, en tremblant, s'incline, à son aspect !

— Elle s'épanouit, sous les pas de sa Reine...
De ce maître absolu, l'aimable souveraine !...
Et les Anges, surpris, ont cru voir une sœur !

★ ★ ★

D'Adam même formée... Ève a le même cœur !
Ils s'observent tous deux... soudaine sympathie !
Trop charmante faiblesse !... Un long exil expie
L'entraînement coupable, hélas ! pleuré trop tard !

— Par un souris, Adam répond au doux regard
D'Ève, émue et troublée... ô rougeur attrayante!
D'un beau sein agité, la vague éblouissante!
Les soyeux cheveux d'or, à longs flots ondoyants,
Qui voilent à demi ces appas séduisants!

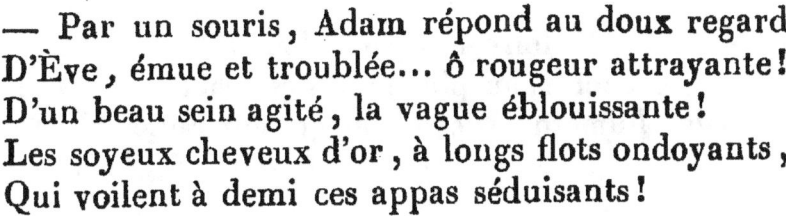

Tous deux, resplendissants, sous la vive lumière,
Et de l'humanité, de la famille entière,
Seuls types primitifs... et seuls représentants...
Devant le Créateur, s'avancent, rayonnants
De tout l'éclat futur de hautes destinées!
Tous deux, du même pas, et les mains enlacées,
Avec grâce, enchaînés par ce charmant lien!...

— Dieu, lui-même, admirant, dit ces mots : « tout
est bien. »

Gloire à Dieu! gloire!
Gloire, au plus haut des cieux!
Le règne humain se lève... et grandit radieux!

Tous, fils d'Ève et d'Adam, chantez!... et vous, saints
Anges,
En célestes accords, célébrez ses louanges!

Hosanna!
Gloire à Dieu! gloire!
Hosanna!

— Candeur! adorable sourire!
Enfant, des Anges regretté!
Beaux yeux d'azur, où ciel se mire,
Doux rivage, par toi quitté!...
Pauvre exilé! patrie absente,
Que tu cherches, de ton berceau,
Déjà, plus belle et plus brillante,
Scintille, au delà du tombeau!

— Don divin! grâce ravissante!
De la vierge, aimable pudeur!
Chasteté! tutelle puissante!
Feux sacrés, épurez le cœur!...
Des âmes céleste harmonie,
Domine les sens!... en soupirs,
En doux élans de sympathie,
Transforme les brûlants désirs!

— De la mort, transparent mystère!...
Aux yeux de son fils rassuré,
Le vieillard, prêt à fuir la terre,
S'illumine, transfiguré!...
Il entrevoit le saint domaine!...
Des ans, touchante majesté!...
Profond respect à l'âme humaine!
Respect à sa divinité!

— De l'enfant naive innocence,
De la pudeur chastes attraits,
Près de la tombe, l'espérance :
Auréole... et nobles brevets !...
Le jour, où ton chef-d'œuvre brille,
Seigneur ! ton souffle de bonté
L'anime... et l'humaine famille
Revêt son immortalité !

Gloire à Dieu ! gloire !
Hosanna !
Hosanna !
Gloire !
Gloire, au plus haut des cieux !

Le règne humain se lève... et grandit... radieux !

★ ★ ★

Ah ! partout et toujours, de notre âme immortelle,
Le pur rayonnement !
Ah ! partout et toujours, la céleste étincelle,
L'idéal exaltant !
L'amour de la patrie est ton linceul de gloire,
Héros victorieux !
La torture sourit, plus belle que victoire,
O martyr radieux !
Rêve le beau... le grand !... rêve et chante, ô poëte !
Rêve, artiste penseur !
Dévouement, sacrifice... et charité discrète,
Noble idéal du cœur !
Élans mystiques... veille... extase des prières,
Idéal du croyant !
Égalité !... pour tous !... peuple libre de frères,
Ton idéal constant !

* * *

Deux mille ans, ô Brennus! ont passé sur ta cendre :
Et, depuis deux mille ans, sachant agir, attendre,
La Gaule a toujours soif, de pure égalité,
De fraternel amour, de sage liberté!

— Soif brûlante, excitée, en ces crises extrêmes,
Par les ardents efforts de ses luttes suprêmes!...
Mille obstacles jaloux, sans cesse renaissants,
Irritent cette ardeur, ces désirs permanents!...
Et toujours l'idéal, la céleste lumière
Éclaire les progrès de notre Gaule entière...
Et même ses obscurs... ingrats blasphémateurs,
Attelés en arrière... aveugles détracteurs!

— Gloire à Dieu! gloire!... ô saints Anges!
Par de nouveaux accords, célébrez ses louanges!

Sublime vérité !
De l'inflexible conscience,
Remords et scrupules secrets ;
Son austère, exquise éloquence ;
Ses inexorables arrêts :
Tout, en elle, aussi haut proclame
La divine essence de l'âme,
    Son immortalité !

Céleste conscience !
Même oubliant Dieu... grâce à toi !
L'assassin, troublé, fuit et veille,
Tremble, sous le joug de ta loi...
Quand le tigre, sanglant, sommeille !...
Du libre arbitre, ange gardien !
Du pas glissant, guide et soutien !
    Juge... et règle... et science !

L'ardente humanité,
Rugit et bouillonne ! — Hautaine,
L'âme ordonne et gouverne ! — ô mort !
Rayonne, ô lumière soudaine !
Phare divin, brillant au port !
— ô duel de double nature !
Du Père et de la créature,
 ô consanguinité !

Gloire à Dieu ! gloire !
Hosanna !
Hosanna !
Gloire !
Gloire, au plus haut des cieux !
Tous, fils d'Ève et d'Adam, chantez !... et vous,
 saints Anges,
En célestes accords, célébrez ses louanges !...
Le règne humain se lève... et grandit... radieux !

Noël 1853.

JACQUES FERNAND.

DU MÊME AUTEUR :

..... Consolations.......

LE RÈGNE HUMAIN. { §. II. La Rectitude, le Visage...
                  { §. III. L'Unité.

1853-1854. A Bruxelles, chez J. J. JOREZ, Imprimeur-Libraire, rue au Beurre, 6.

DU MÊME AUTEUR :

.... Consolations....

LE RÈGNE HUMAIN. { §. II. Les Deux Règnes.
{ §. III. L'Unité.